KB106793

우주전쟁 중에 첫사랑

우주전쟁 중에 첫사랑

서동욱 시집

민음의 시 157

민음사

自序

이렇게, 이별인가?
여보세요? 여보세요?
임종의 순간같이
얼어붙은 우주.
제발 끊지 마.
불 꺼진 휴대폰을
유골 단지처럼 꽉
손에 쥔 자.
다급한 활자공의 손길로
문자들을 눌러 빛나게 해 본다.
뭘 어쩌란 건지,
화면의 하얀빛이 눈 내리고,
무슨 그림이 될지 짐작도 못할 문자 퍼즐
눈밭에 놓인 채 헐벗은 몸을 못 가려 또 운다.
눈 내리고,
위안 없는 삶은 찌푸린 하늘 아래서
도리 없이 계속 살긴 살아 있는데
한마디 전하지 못한 말이 있는 것 같아
그게 뭔지 잘 알지도 못하면서
보이지 않는 바닥을 손으로 쓸며
떨어뜨린 뭔가를 찾듯
여보세요?
여보세요?

2009년 가을
서동욱

차례

입맞춤

이윽고
심장에 얹은 손 아래서는
램프에 불이 들어온 것 같은
따스한 기운
임종의 시간
얻은 것 다 두고 사라져 가며
마음과 머리가 겨울 강처럼 텅 빌 때에도
손안에 조약돌처럼 들고 있을 그
짧은 감촉
블랙홀로 빨려 들어가는
우주선의 창문처럼
죽어가는 이들의 눈은
캄캄하고

비광 또는 이하의 마지막 날들

장안에 한 젊은이 있으니
나이 스물에 이미 마음은 늙었네
—— 이하(李賀)

1

아 이토록 슬픈 그림이 또 어디 있으랴 찢어진 우산 위로 비는 내리고, 개구리 덤벼드는 실개천에 그는 붉은 목욕 가운을 걸치고 서 있구나 미친 척하려고 아버지 중절모까지 빌려 쓰고 나왔구나 닭! 학! 사쿠라! 보름달! 이 고귀한 왕자들 가운데 빛도 안 나는 비광, 돈 못 버는 왕좌의 군주이기에 더 슬프구나 그리하여 무직이니까 그대의 정체는 일단 시인이지?

2

'미친님'이라 불리는 이 비 오는 그림 속의 배우. 이자보다 더 잘 이하를 연기한 사람이 있을 것인가? 이 배우를 연기한 나는 햄릿이었다 그리고 하남성으로 잠입해 들어가 폐병쟁이 이하가 되었다 나는 이하가 나귀 타고 지나가던 무성한 갈대밭이었다 갈대처럼 황제의 귀에 소근거리던 내 시였으며 이하를 모략한 관리였으며 그 관리의 아버지 하느님 헌법이었으며, 이하를 몰래 사랑한 계집종이었다 나는 당나라의 국민·주권·영토이자, 이하가 시를 담아 두던

비단 주머니였고 그가 드나들던 기방의 댓돌이었으며 아아
이 우주가, 이 시시한 실패가 나였으며……

3
시인과 관리가
관리와 부자가
시를 쓴 족자와 장식품이,
하나는 부인
하나는 대감
하나는 부인
하나는 노인
만져 보니 잔디는 플라스틱
젖가슴은 실리콘
시는 플라스틱
시인은 골프채를 들고
플라스틱 위에 선다

이 놀이를 하기로 되어 있던 나는

지금은 백치와도 같은 분노만 끓어오르는 熱덩어리
수백 개째 남의 술상을 뒤엎은 뒤
택시비를 빌려 귀가한다

4

마음은 장님의 눈처럼 안도 밖도 없는 헐렁한 검은 구멍
일 뿐. 그 안엔 애써 간직할 추억도 숨기고 지킬 비밀도 없
네 마음이 열려 버린 자는 꼭 다물었던 항문이 열려 버린
익사체 더 이상 바다를 막을 힘도 없이 원시의 세포막이
최후로 찢어지며 몸 안 가득 물이 찬다——향년 27세. 이
름: 이하. 과거를 보러 갔다가 햄릿처럼 아버지의 유령이 출
현하는 바람에 신세를 망침.

5

백옥루에 글을 지으러 가야 한다고요? 마차에 타게나
그러면 그대의 폐와 간을 새걸로 바꿔 줄게 계속 투전판에
껴서 피워 대고 마셔 댈 수 있지 그런데 패는 비광일세……
염병할 하늘의 딜러! 목욕 가운은 놀이 중인 다섯 살짜리
의 발아래서 임금님의 망토처럼 질질 끌리고 실개천은 줄

줄 눈 아래로…… 이제 그만 내 모자 가지고 집으로 돌아
와 이 자식아……

6

그리하여 나는 청춘의 불을 꺼 준 시간의 단비에 대해
서 감사할 것이다 살아야 할 시간이 더 남지 않아서 고
마울 것이다 처녀에게 애를 배게 하던 못된 비바람이 더
이상 내 성기 속에 살고 있지 않아서 이젠 편안할 것이
다……

산부인과 초음파

오래된 무덤이 있는 땅 밑으로
투시 카메라가 들어간다
삶의 음화 같은 초음파에선
죽음이 먼저다
무덤 속에서
작은 유골 하나가 돌아눕는다
유골은 갑자기 빙의된 생명이 불쾌하다
척추로 들어와 심장을 움직이고
뇌수로 이어져 지루한 사념이 시작되며
마침내 구부린 다리에 피가 돌아
무릎이 저리기도 하는 이 생명이
견디기 힘들다
심장 소리예요,
신기하죠?
의사가 볼륨을 높이자
생명 때문에 화난 유골의 쿵쾅거리는 소리
제발 망자의 휴식을 방해하지 마!
심장 때문에 마디마다 덜그럭거리며
유골은 작은 묘지 속에서

생명에 맞서 가망 없는 싸움을 벌인다

그러던 어느 날

열리는 몸 밖으로 백기를 들고 쫓겨 나오며

허파가 터지도록 밀려드는 공기에 익사 직전까지 내몰려

모든 위엄을 포기한 채

손에 꼭 쥐고 있던

죽음을 돌려 달라고

안하무인으로

악을 쓴다

슈퍼맨의 비애
── 귤껍데기 탄생 설화

크리톤이 멸망할 때
아버지는 아이를 탈출용 자궁 속에 집어넣는다
폭발하는 고향 별을 등지고
몇천 광년을 건너오는 유모차만 한 우주선
여러 태양들을 지날 때마다
개구리 알처럼 벽이 얇아서
귤껍질처럼 따뜻하게 밝아지는 주홍빛 내부
이 인공 자궁 안에는 모든 것이 있다
장난감 기차, 태교용 오디오
심지어 태아처럼 몸을 웅크려 자기의 성기를 핥을 수도
있다
누구를 위한 입술도
누구를 위한 성기도 아닌 삶
가없는 우주를 가로지르며
교미 중의 벌레처럼 꼭 붙어 있는 저 천진한 두 기관!

한순간
거친 파열음이 들리며
고속도로에서 뒷범퍼를 받힌 듯한, 무시무시한

충격이 온몸을 통과하고
무서워 웅크리고 있는데
비로소 천천히 귤껍질이 열린다

공교롭게 귤궤짝에 착륙한 우주선!
과일 가게 노부부는 귤에서 나온 이 난쟁이를
하늘이 점지해 준 늦둥이로 믿었으나……

이런!
내 집은 어디 갔지?
저 거인들은 누구지?
내 주홍빛 벽들은 누가 무너뜨렸지?
그리고 내 성기를 빨아 주던 입술은?

분노에 찬 그의 성기는
잃어버린 입술을 찾아 빳빳이 고개를 든다
그러나
아무리 휘둘러보아도 입술은 없고 아아
상심해 벌렁 처마 밑에 드러누우니

고향 별이 사라진 저 멀끔한 하늘을 향해
표적을 상실한 채 겨누어진 가엾은 무쇠 대포
얼스에서의 첫날밤은 그처럼 서럽게 지나갔으니

그래서 너는 변강쇠가 되었구나
S자를 황색경보처럼 가슴에 달고
빨간 팬티로 적개심을 드러낸 채
너의 성기가 초인적인 분노를 내뿜을 것을 경고하는구나
지구의 여자들이여!
살고 싶으면 내 입술을 돌리도!

이보게 친구,
지구인들에게 해코지 좀 그만하게
꿈을 잃어버리는 법을 배우게

그리고
마음이 괴로울 땐
귤껍질로 눈을 가리고 태양을 보게
버짐처럼 허연 내부는

단번에 주홍빛 실핏줄이 흐르는 따뜻한 자궁이 되고
콩당 콩당 콩당 콩당
네 어미의 심장 소리가 조용히 너를 감싸며
크리톤의 초원이 깨어나네

사춘기

꼴깍 넘어간 태양 뒤엔
닭 잡은 수채에 흐르는 붉은 물
더럽혀진 하늘의 이부자리

그렇게
나무 한 그루가 소각장에 던져진 시신이 되고
바람 불면
시신이 실종된 자리로 찾아온
잎사귀들도
잿부스러기
부력을 타고 하늘의 표면까지 올라가는 동안

쓰레기 냄새 나는 강가에선
여자가 치마를 허리까지 올리면서
소년의 위로 올라온다, 오빠 난 싫다고 말했어……
누나 왜 날더러 오빠래? 직장도 다니면서
(아아 시간이 가지 않으니 죽을 지경이군!)
비웃음 속을 얼굴 붉어져 지나가는
아이도 여자도 남자도 아닌 날들의 행렬은

지구가 자신의 처녀성을
잉크병이 넘치도록
콸콸 쏟아부은 하늘 아래서
어떤 비계를 움켜쥐고
마감된다

장국영

1
천사는 난간으로 올라갔다

남길 말을 찾았으나
머리가 저금통처럼 쩔렁거리며
잘못 만들어진 주화 같은
엉뚱한 단어들만 사방으로 흩어졌다
발아래서 벙어리처럼 펄럭이는 호텔의 만국기

아, 지금은
단 한마디의 대사도 써먹을 게 없구나!

2
그해 여름
대성학원 근처의 동시 상영관이 일제히
영웅본색을 올릴 때
나는 대학에 갈 마음은 없었지만 그 계집애를 보러 빠짐없이
학원에 나갔네

노량진

돌아가고 싶지 않은 동네

노선버스와 떡볶이 포장마차와 담배꽁초가

세상 마지막 수챗구멍처럼 꽉 막힌 곳

정거장마다 두 개 꼴인 동시 상영관

맨 뒤에 앉으면 흰 복면 쓴 빈 좌석들이 지평선에 일렬

맞춘 KKK단처럼

장관인 곳

그해 여름

복면 쓴 좌석들 너머에서

치지직 비 내리는 화면이 끊어질 때마다

욕을 해 대는 재수생들을 아랑곳하지 않고

천사는 한 자루 권총을 들고

순교는 이렇게 하는 것이라는 듯

구룡반도의 태양 아래를 천천히 걸어가고 있었네

3

천사가 사랑했던 남자들을 생각했다

꼭 친구와 붙어서 학원 문을 나서던 그 계집애처럼 뜻대로 안 되는 연인

담배 연기 꽉 찬 극장 휴게실

표지가 떨어진 주간지들, 흠집 난 바둑판, 대걸레가 훔치고 가기 무섭게

빈 바닥에 선명하게 뱉어 놓은 가래침

그때 거기를,

무엇을 생각하러 찾아갔던가?

그 계집애 쪼금, 그리고 솔직히 아주 약간 대학에 대해서?

그러나 여덟, 아니 아홉 정도는 정말 어떻게 죽을까 하는 생각……

구룡반도의 태양이 축성해 주는 가운데 오만하게 죽어야 했다

그러나 지금 못 죽으면 결코 죽지 못하리라는 것도 알았다

마흔여섯의 생일날 아침

아이들에게 선물받은 넥타이도 매 보고

생일 케이크 앞에서 돼지처럼 잘 먹고 잘 싸다가,

동시 상영관에 앉아 있던 소년을 우연히 기억해 내고는

그의 유치찬란함이 자기 것이었다는 데

쑥스러워하리라……

(천사는 난간 위에서 잠깐
자기 나이를 헤아려 보았다
어이없고, 불공정했다)

4
그리고 오랜 뒤에 그 여자를 만났다
내가 자기를 좋아했다는 것도 잊은 듯 말을 걸어왔다
이제 여행사 단말기 앞에 앉아 쉴 새 없이 말을 쏟아 내는 상담원 원하면 홍콩이건
대만이건 아주 싸게 가는 법도 알게 되었다
그래요?
되물으면서 나는 아주 잠깐 비행기 탈 생각을 했다
가슴속에서 무엇인가 사라지는 동안
구룡반도에 떠 있는 구름들이 햇살을 받으며 오래도록 게으름 피우는 광경이 떠올랐다
내가 놓쳐 버린 축성받은 죽음
그리고 어디선가, 아주 서글픈 노랫소리도 들려온 것 같은데,
어느 영화에서였는지 끝내 기억해 내지 못했다

5

배우가 죽던 날
경야(經夜)하는 수녀들처럼
노량진의 학원들 앞에선 오래도록 담뱃불들이 깜박였을
것이고
조문객을 내려놓고 또 태우고 가는 긴 시내버스의 행렬이
밤늦게까지 도로를 막아섰을 것이고
취한 재수생들은 술집 문을 잡고 통곡했으리라

이 모든 가련한 밤들을 불빛 꺼진 눈길로 내려다보며
천사는 하늘을 향해 천천히 날개를 폈다

놀란 눈처럼 부릅뜬 호텔 창문이 오래도록
중력의 묘기를 응시했다

생은 문자 저편에

네 문자가 오면
이 낡은 전화기도
손안에서 한순간
환해지는 램프

삼청동 길은 어느새
랜턴을 들고
들녘을 건너가는 저녁의 늦가을

위성들이 쏘아 대는 전파가
사도들의 대갈통을 뚫고 강림했던
비둘기 모양의 고압 전류처럼
삶과 바람을
괴롭고
충만하게 한다

나의 미용사

어느 날 나는 미용사의 손에서
가만히 가위와 빗을 빼앗고 배관 시설의
네 번째 파이프로 데려간다
구멍의 어떤 구간이 좁고 습했던 탓인지
돌아간다는 걸 간신히 설득해
한참을 기어 나와 고원에 놓인 굴뚝 위에서
우리는 비로소 바람 소리를 듣게 된다
꼴깍 해 지기 전의 황색 지평선
여러 대륙들과 바다들을 사이에 두고 있는 땅끝에선
부주의 때문에 추락하는 우주선들이 희고 길고
기분 좋은 연기 기둥들을 만들어 내고
랄라랄랄라 랄라랄랄라
그때 공기 중을 우연히 지나가던 선율 한 사람
(어느 별에선 유령이라 부르지)
을 머릿속에 붙잡아 세워 흥얼거리며 그녀의 머리카락
을 만지고, 그러면
음표들이 거품처럼 긴 머리칼 사이에서
중력이 쇠잔해진 이 별을 놀리듯 천천히 자신의 부력을
시험해 보며

별들 사이로 올라가고

바람 소리에 맞추어 한참 발을 흔들고 있으면

오래 기다린 그녀는 말한다

이게 다예요?

정말을 보여 줘요

(이런, 도대체 무슨 뜻이지?)

이것 좀 봐……

이제 염색 그만하세요 머릿결이 다 상하셨네

두피 상태도 안 좋고.

내 얼굴은 아주 긴데 나는 늘 표정의 반만 공개하지요

반은 머리카락 속에 숨겨져 어떤 애인도 찾지 못하건만

(아니, 군인이 되었을 때는 머리카락을 다 들어내고 내 표정부터 확인했어요

얼마나 나쁜 놈인지 되게 알고 싶어 하더라고요)

당신은 늘 숨겨진 표정을 찾아내는군요……

(그러나 뇌 수술이 잘되었다는 표시로 머리는 늘 단정해야죠)

어두운 별의 조용한 음악

하늘 가득 별이 덮이고

빠른 우주선들이 해수욕장의 바나나튜브처럼 미끄러져

우주의 모든 항로마다 가득 거품을 만드는 동안

빨간 신호등 앞에서 무한정 짜증 내며 공전의 리듬이 깨
어진 별들

우주의 퇴근 시간입니다

진화의 흔적을 온몸에 문신처럼 새긴 수많은 외계인들
이 몰려들어요

자리가 없어서 우리는 차를 마시며 여성지를 들고 기다
립니다

그녀는 여름이라 앞머리를 짧게 잘랐다 한다

내가 아쉬워하자

머드 하고 그거, 아니 그거 말고.

신참 소년이 거울 앞에 긴 알루미늄 통들을 늘어놓는다

한참 뒤에 혜성의 긴 꼬리가 완성되고

나는 다른 거울 하나를 손에 든 채

회전의자를 빙글 돌려 뒤통수의 꼬리를 엿보는 것이다

(아는 후배는 뇌 수술 자국을 숨기려고

매우 솔리드한 왁스를 사용해

지금 이 꼬리의 두 배를 하고서 또 노랗게 칠했다, 그건 너무너무 아니어서

우리는 모임을 빨리 마치고 그놈을 따돌리는 죄의식도 없이

편한 이차를 향해 뿔뿔이 헤어졌던 것이다)

흠 세팅은 잘됐네

여름 사이 매우 강해진 천칭좌의 기운을 누르려고

어디선가 별들은 계속 연주하고 있을 것이고

별들의 대륙 사이에서 대기는 희박하고 밀도가 높아

빠르게 흐르는 바람을 만들어 낼 것이고

내가 아닌 삶이

구멍 속에서 천천히 기어 나와

아직 이 별에 한 번도 발을 들여놓지 못한 여자에게

오랜 고향 같은 플로어로 인도하는 제비처럼 손을 내밀 것이다

그리하여 여자도 근무시간인 걸 잊고서 구멍을 기어 나와

그곳이 이 별의 가장 높은 굴뚝 꼭대기인 것에 잠시 놀라다가

가장자리에 나란히 앉아

한 시간마다 해가 지는 지평선을 물끄러미 바라볼 것이다

우주선들이 기꺼이 추락하며 아름다운 구름 기둥을 만들고

가끔 화음을 공부한 인격체 흉내를 내며 바람이 불고

남자는 여자의 어깨 위에 떨어져 있는 긴 머리카락을 만지고

그러면서도 어느 별에선 명부에 새겨진 그들의 운명처럼

너무 사실주의적인 거울 속에서

싹둑싹둑 무심한 여자의 손길이

남자의 머리카락을 자르고

여름이라서 더욱 짧고 단정하게

그래서 다시

어쩔 수 없이 떠나온 그 해 질 녘의 별을

생각하고 생각하고 또

생각하며

가을, 담쟁이

갤러그처럼
우아한 궤도를 따라
천천히 스키를 타며
나부끼는 붉은 옷자락

가끔씩
목숨을 위협하는 느낌이
이 패망하는 군대처럼
가슴에 부딪치고

마지막 한 발자국 더
나가 보고 싶은
가장자리들이 보이기 시작한다

누가 누구를 쓰러뜨리고
사랑을 나눈 이불처럼
주차장의 선을 넘으며
순 핏자국이다

새우소년

병고에 시달리는 소년이 있다 마른 새우가 누워 있는 방을 끼고 돌면 다른 방에는 소녀가 있고 소녀 역시 병고에 시달리며 누워 있다 먼 옛날부터 이불과 팔다리가 뒤섞여 아파한다 거실엔 아홉 시부터 아줌마 내의와 수건들을 개고 나서 자기가 먹고 싶은 음식을 번갈아 소년과 소녀의 방에 넣어 준다 깨우지 말랬잖아! 소년은 뭍에 건져 올린 해물처럼 사소한 일에 가슴이 미어져 팔딱거린다 너 말버릇 고치랬지! 아줌마 이리 좀 와 봐 소녀의 목소리가 벽을 타고 돌아온다 집안 꼴이 이게 모야 이게? 아이 잘 큰다 내 새끼, 들은 척도 않고 아줌마는 소녀의 침대 옆 상자에서 소년의 딸을 번쩍 들어 올린다 모빌에 밥을 주니까 긴 줄에 매달린 꼬마 곰들이 딩동댕 이쁘지? 이 녀석들은 다 나라에 죄를 지어서 교수형 당한 애들이야 이렇게 시신은 매달려서 딩동댕 우리 조상 중에는 이런 꼬마 곰들이 많아 그렇게 시간이 지나갔다 오늘은 나갈 수 없어요, 회사엔 거짓말했다 소년은 독한 알약으로 자신에게 치료받았고 밤늦게 오뎅바에서 기다리던 애인들은 차례차례 문자로 이별을 통보해 왔다 그래, 너도 시집은 가야지 괴로워서 잠깐 잤는데 해가 진다 자리에 누워 해외로 편지를 쓰듯 옆방의 가족들을 생각했다 슬퍼서 울었다 울음도 마른 새우처럼 말라 건어물 냄새가 지겨워지고 더 말라 냄새와 냄새의 기억조차 사라지고, 어느 날 걷기 시작한 소년의 딸이 문을 열고 들어와 소녀가 임종 시 남긴 말을 들려주고는 오도리의 머리처럼 남아 있는 소년을 치운다 딸은 아줌마와 떠날 것이고 희망은 이렇게 집요하게 자신을 지킨다

베개 속의 거울 또는 하하하

불면을 오랜 충견처럼 키우던 어느 날
뒤척이다 베개 속에 손을 넣어 보니
거울이 들어 있다
이렇게 밤새 머릿속의 얼굴들이 서로 비추고 있는데
잠이 올 턱이 없지

여자가 자고 있다
너는 왜 손거울을 넣었다지?
지나가는 내 꿈들을 사로잡기 위해서?
꿈들은 함정에 빠진 짐승들처럼
거울 벽에 부딪히며 난리를 친다
그리고 드디어 여자는
포획물들 사이에서 그녀를 보게 된다

너지?
너구나……

오랜 친구들은
그렇게 거울을 사이에 두고 마주 선다

너무 흥분하지 마, 이건 그냥 장난이야
거울 속의 영상처럼 하찮은 거야
너답지 않잖아?

(흥분?
흠…… 그래, 흥분이지)
그의 거울 속은 꼭
빈 지갑 같았어
알코올에 녹다 만
(두려움과 거짓말뿐)

(그러자 재밌는 일이 벌어진다)
지금 비난하는 건 너무
유치한 거야
수백 년 여자들이 해 오던,
우위를 점하는 방식대로
여자의 친구가 엉뚱하게
나를 옹호해 준다
그리고 그녀들은 끝까지, 실수 않고

불편한 균형이 허락하는 한 가장 먼 자리들을 차지하고서
자존심의 크기만큼 계속
친구다

밤이다
그러니 잠을 청한다
눈 감으면 환해지는 머릿속
베개가 지이이이잉
머릿속을 실시간 스캔한다
나는 비웃으며 거울을 찾아내
잠든 여자의 베개 속에 다시 집어넣는다
하하하

밤이다
깨지기 직전의 거울처럼
기억도 삶도 마구 갈라지는데
금 간 조각마다
무섭게 번식하는 한 종족처럼
다른 사람을 보며 하하하

웃고 악수하고 약속 잡고 희망을 전하는
내 얼굴들
내 얼굴들이 있다 하하하

(하하하
팔다리를 묶은 병동의 침대 위에서처럼
지구 위에서
하하하
재갈 물린 입으로도 기를 쓰고 웃는 너는
그리도 삶이 즐거운가?)

한밤중의 냉장고

나는 성령과 밀회하였다.

......

주여, 무슨 일로 당신께서는 저를 택하셨나이까?

별로 특별한 이유는 없어.

──사르트르, 『말』에서

잠결에 문틈으로 보니

캄캄한 마루에서 아내가 냉장고 문을 열고 있다

마룻바닥 위로 금가루를 뿌리며 흘러나오는

신성한 빛의 물결

드디어 소문만 무성하던

우주선의 메인 게이트를 찾았구나!

(아 자칭 여중 시절 보물찾기의 달인이여……)

호박 머리에 산도크래커 눈을 붙인 난쟁이가

천천히

냉장고에서 걸어 나와 아내를 포옹한다

그렇소

그 모든 평범한 냉장고들 틈에 숨어

우리는 지구방위대의 레이더를 피해 무사히 잠입할 수

있었소

오호!

(감탄! 아내가 두 손을 모은다)

잘 들으시오!

우리는 지구상의 모든 생명체를 한 쌍씩 구출하기로 결
정했소

이제 일주일 뒤면 이 별에 종말이 올 거요

오호!(깜짝 놀라는 아내)

왜냐고?

이유는 없소

술 취한 삐바빠눌라(주——텍사스 주 크기의 우주곰돌
이)가

날아댕기다가 지구와 충돌할 예정이오

이런 일을 재수에 옴 붙었다고 하지 않소?

이유는 없는 거요……

그런데 바로 당신이 선택되었소!

난쟁이 우주인은 아가미를 열심히 움직이며

인간의 말소리, 그러니까

그들에겐 저속한 보드게임용으로 쓰이는 어떤

빈약한 신호체계를 흉내 낸다

한 쌍이라구요?
그럼 우리 애들은! 엄마는?
그저 남편과 저만 가나요?
당신의 남편은 갈 수 없소 애들도 물론이오
주색, 짠 음식, 씨가렛, 트랜스 지방, 나이트 라이프에 대한
광적 집착이 천부적으로 열등한 그의 몸을 망쳤소
(그는 임금님처럼 살았던 것이오)
그는 긴 여행을 견디지 못할 거요
그가 낳은 허약한 아이들은 열성유전을 거듭하여
다시 타락한 인종을 번식시킬 거요
이번 지구인보다 더 못한 종족의 시조 신이 될 거요
오호!(이번엔 진짜 마음의 동요가 좀 있는 듯)

대신 우린
신심 깊은 한 남자를 당신의 이상적인 짝으로 선택했소
보이 조지라 불리는 자로
노래 부르는 일이 그의 업이오
그의 성대는, 탁월하게도

우리 아가미와 쫌 닮았소

(이런! 하필이면……)

망설이며
아내가 손톱을 물어뜯는다
(마침내 인생에 한 번쯤은 빤짝이가!
인류를 구할 사명이 이렇게 찾아왔구나
그간 얼마나 이 냉장고를 찾아 헤맸던가!
남자들의 우아한 외계인 애인처럼
냉장고에 기대서 전단지를 표절해 본 순간
특별한 삶을
이 제품이 가져다줄 걸 확 직감했지
오 나날이여! 구질구질함이여! 이젠 빠이빠이다
근데 보이 조지가 걱정은 걱정이네……)
이윽고 결심한 듯
아내는 물병을 잡으려는 몸짓으로
냉장고 안으로 고개를 들이민다

(저년!……)

점화 직전의 한순간처럼
침묵과 어둠이 마루를 덮는다

어항의 수면

황달 걸린 나무들 털갈이하는 개처럼
온 길에 뛰어다니며 잎사귀사귀
떨어진 노란 모가지들이 굴러다니네
연기 냄새처럼 입안 가득 차오르는 색깔
나이의 거름통엔 하루하루 악취가 눈금을 채우고
다가가면, 심심해하는 여자들
손을 잡고 일어섰지
돼지들끼리 서로 못 알아듣게 꿀꿀거리며
침 묻히는 동안
땀에 젖은 돼지 등에 박수 치며
내려와 붙는 은행잎들
비로소 어항 속인 줄 알고
돼지 코에서 부글부글 거품이 올라왔네
숨 막혀 눈으로 발로 유리 벽에 부딪쳤네
잎사귀 하나가 내려와 쨍그랑 깨지는 강 표면
하늘 가득 죽은 여자들을 가득 싣고
어디론가 강은 흘러갔네

눈

더럽혀진 치마폭처럼 길이 얼었다
아침부터 저녁은 저렇게
연탄재 묻은 소복 입고
실성해서 남의 집 문 앞에 누워 있네?

바람 불면
머리 푼 나무들의 피난 행렬
바람 불면
화장터의 서투른 불잡이처럼
하늘은 하얀 잿가루로
얼굴을 부비고

쓰레기 더미도 감쪽같이 보호색 쓴 골목 어디서
서투른 척후병들이 이동하며
툭툭 가지 밟는 소리
흥분에 사로잡히다 부르르르 떨다
갑자기
우주의 온 힘을
땅속으로 끌고 들어가는

맹렬한 헛바퀴 소리

눈이 내리면 세상은
지각한 회사원들이 핸편을 들고
고함을 지르는 두 시간 동안
아직 자기가 젊은 줄 알고 이리 난리다

이 젊은 애의 같잖은 난동에
깜짝 다시 귀가 뚫려,
파자마 바람에 대문 잡고 선 동상(銅像)은
주전자가 식듯 연기를 쏟아 내고
산에 들에서 토끼도 되고
범도 되어 쏘다니던 혼령이 비로소
귓바퀴를 빙빙 돌아 구멍으로 돌아와
이불 밑에 숨는다

우주전쟁 중에 첫사랑

지구인이 할 일은 더 이상 아무것도 없다 아버지는 이렇게 써 놓고 자살했다 그는 지구 최후의 비밀외교관이었나? 나는 원래 말을 잘 듣지 않았다 무리해서 아버지가 이사장으로 있는 고등학교에 진학한 후 이 학년 중반에 그 유명한 헌령고교 임신 사건으로 뛰쳐나왔다 헌령고교는 남녀공학을 포기했고 중절한 여학생들은 소식이 두절됐다 아버지는 그 뒤에도 수년간 안보 외교를 책임지고 있었나 보다 그리고 어느 성탄절의 금요일 밤 나는, 후배이자 천재 웨이터인 그 바다 주윤발이 덕분에 부킹한 탤런트 L모 양이 집에 가는 것을 온갖 감언이설로 막아 내는 홈런 초읽기에 다가섰던 것이다 춤도 좋지만 잠시 대화 좀 하자고 강남역 근처 포장마차까지 모셔 왔는데, 아니 이런, 내가 준비한 뻐꾸기는 듣지 않고 눈이 뚱그래져 안주 접시를 바라보는 L양이다 안주 밝힘증인줄 알고 나무라려는 순간, 나도 진실을 목도하고 말았으니 삶은 오징어 다리들이 드디어 모선(母船)의 명령을 수신하고 접시 위에서 하나둘 일어서 광선총을 쏘는 것이었다 지구 생물끼리는 다 친구 아니었던가! L모 양이 먼저 갑오징어의 푸른 광선에 재가 되고 다음으로 포장마차 아줌마가 멍게에게 희생되었으니, 지구인이 할 일은 더 이상 아무것도 없다 아버지 말이 생각나 급히 핸펀을 때렸다 동욱아 원하는 춤이나 맘껏 춰라피웅, 뭐라고요 삼촌? 아버지가 삼촌이라 부르라던 육군 장성도 막 광선에 맞아 전사한 게 분명했다 피웅피웅 안줏거리 오징어들은 분주히 저희 부대 행렬을 찾아 떠나고, 고아가된 나는 조용히 마지막 소주잔을 기울이는 것이다 태양계 최후의 별처럼 포장마차는 은은한 빛으로 밤을 밝히고, 그런데 포장마차 장막을 걷으며 꿈만같이 고교 시절의 그녀가 들어서는 것이다 겨우 공격을 피한 듯 이마에 작은 멍자국을 가진 채. 그녀는 아직 살아 있는 지구 짐승의 신호처럼 하얀 수증기를 뱉으며 말한다 나도 한잔 줄래? 힘없이 주저앉는, 이제는 희귀종이 된 지구인에게 나는 말없이 따라 주었다 남편은 도망치지 못했어, 그러곤 운다 헌령고교에서 쫓겨나던 마지막 날처럼. 지구상의 최후 한 잔이 비워졌을 때 그녀는 졸음을 못 이기고 어깨에 기대 온다 나는 지구인의 마지막 단잠을 지키며, 지구방위대를 박살 내고 하늘을 가르는 오색 광선을 멍하니 바라보았다 아름답구나. 가지 않을 거지? 잠결에도 그녀는 팔을 붙잡는다 겨드랑이가 너무 따뜻했고, 나는 가지 않을 거였다……

사랑의 겨울

우리는 졸린 눈으로 연애를 하지
우리는 네 번째 술집에서
한 줌의 하찮은 결론에 도달하고
담배 연기를 너무 많이 마신 탓에
의자에 걸린 옷처럼
잠이 들지
우리는 귀찮아 옷 벗는 일을
포기하고
눈〔目〕이 없어 자꾸
왔던 곳으로 가는 길들
그러나 가로수들은 입이 무거워
가르쳐 주는 것이 없구나
(시간이 많은 분들이 다 그렇지)
각자의 호주머니 속에서
어항의 가장자리를 탐색하는 붕어처럼
혼자 느리게
추위를 만지작거리는 손
누가 깔깔거리며 베개 싸움을 하는지
드디어 하늘에

온통 거위 깃털이 날려

택시들이 놀이공원의 열차처럼 하얀

레일을 그리며 줄을 맞추면

행인들은 사은행사 창구로 뛰어가듯

몰려들지

가로수들이 이윽고

저희들 틈에서 변장한 우리를 찾아내고

우리는 어느 골목으로 나가야

출발점을 또 만나지 않는지 골똘히 생각하는 척

오늘 처음 만난

느낌 좋은 이들의 코스프레를 하고서

나란히 걷지

연애편지

오늘은 어떤 하루인가?
바람도 비도
그늘과 햇살도
당신을 기쁘게 했나?
오후 내내
비와 찬 공기와 구름 아래 있으니
영혼 없이도 얼마나 즐거운지!
광물과 화학과
타액으로 이루어진
이 유물론적 수정 구슬
이 별에 처음 도착한 외계의 씨앗처럼
출렁거리고
어지럽히며!

겨울의 연애시

오랜만에 만난 애인은 목감기가 심하다 수첩을 꺼내 '난 인어공주예요, 말을 못 하니까'라고 쓴다 그러곤 벙어리로 가장한 사기꾼처럼 웃는다 말 못 하는 게 인어공주뿐일까? 한보 정태수 회장도 창살 뒤에서 이렇게 필담을 즐겼거늘 '잘 지내고 있지?' 테이블 밑으로 가만히 발끝에 걸어 치마를 들어 올리자, 난생처음 바다에서 걸어 나와 해변에 아프게 서 있는 인간의 다리…… 저 다리가 처음 허리를 감던 날 나는 뱃전에서 주정하다 물속으로 곤두박질친 뱃사람 반쯤 목숨을 놓아 버리자 팔이 목에 휘감기며 물 표면으로 끌어올려져 하푸, 가쁘게 숨을 들이켰었지 그리고 다시 깨어났을 땐 해변에 누워 처음 보는 여인의 젖꼭지를 쓰다듬고 있었다…… 여관들이 간판에 하나둘 불을 넣는 이 저녁의 맹한 카페 창문, 갑자기 다시 수첩에 쓴다──'눈이다!' 고개 들자 수만 송이 새하얀 물거품은 바닷속에 남아 손 흔드는 그녀의 자매들 '잘 지내고 있지?' 창문에 부딪쳐 잠시 이승의 막내와 필담을 나누고는 이내 물결에 실려 광화문 네거리로 헤엄쳐 간다

환타신

바람 많은 날
목신을 위한 팬플룻처럼
가지런히 상점 앞에 모아 놓은
빈 환타병들
기적을 본 적이 있는가?
장엄한 휘파람 소리가 예식을 진행한다
미끄럼틀 같은 기압권 사이의 낙차를 따라
대기권의 일부가 빗살 무늬를 그리며
27도 각도로 하강하는 골목
보이지 않는 입술 앞에 부웅── 떠오르는 40원짜리 관
악기들
막 마개를 연 것처럼 흘러나오는 마법의 주홍빛 선율
우우우우우우우 너는 네가 뭘 하는지 알고 있지?
단성 음악의 진수 속에 등장하시는
환타신의 계시! 우우우우우──

걍 생까고
나 건너편 집으로
들어갔다

올 거라 믿었어요
환타빛 저녁 광선 속에
그 사람은
수증기처럼 부서질 듯 서 있다

(이번 생은 더 밀릴 곳이 없으니
다음 생에 갚을까?
마음도 이 여자도 없는 곳
바람 소리 돌 풀 흙 노을 비 또는 빈 환타병
새 직장의 희망 부서들……)

손

좁은 엽서 위에 겹쳐 붙인 두 장의 우표처럼
당신을 끌어당겨
등엔 가슴을 붙이고
손가락엔 손가락을 얹는다
다른 몸의 중력에 끌려
몸속에서 철분들은 한 방향으로
가라앉기 시작한다
그렇게 하나의 손가락이
무거워져
다른 손가락의 끝부터 천천히
혈액의 길들을 내려온다 거기,
팔딱거리는 샘이 있다
밤이 얼기 시작한다
은하수가 증발하고
별들이 하나둘 사막이 되는 동안
쿵 쿵
샘으로부터 더운물이 진동하며
지구 하나가 태어나,
밝아진다

눈 감고 있으면

혈관의 궤도를 따라

두 몸 사이를

쿵 쿵

긴 꼬리를 그리며

행성 하나가 오간다

사람의 몸

허공에 나 있는 바람의 문들이 열리듯
물 흘러 다니는 관들로 된 몸이
다른 몸을 만나 숨결끼리 부딪치면
물이 운석 같은 불덩어리가 되어
가슴 아래로
수없이 떨어져 내리는 이
멋진 화학반응!
다른 몸속으로 들어선 가느다란 관을
환하게 만드는
빛 지나가는 소리

겨울밤, 전기밥통

한밤중에 나가 보니
마루는 꽁꽁 얼었는데
전기밥통 하나가 옛 궁터의 주춧돌처럼
고요히 자리를 지키고 있구나
지난달 이사 와
가구 몇 점 들여놓고
살림 차린 잊혀진 궁터

가까이 가 보니 그 주춧돌은 수천 년 전
지구에 불시착한 우주선이었다
매일 밤
몸 누인 곳이 어딘지도 모르고 잠들었는데, 이 마루가
바로
외계인들과 교류하던 그 궁터였구나
처음 우주로 출항했을 땐 꽤나 멋졌을 붉은색 세단
지구의 벌판에 수천 년 묻혀 있느라 플라스틱엔 흠집이
나고
LG라고 쓴 로고도 아래쪽이 너덜거려
그저 꽁꽁 언 새벽 두 시의 창문 아래 우두커니 앉아 있

는 주춧돌 하나

(곡예사들은 비상계단에서 잠깐 담배 피우며
복권을 함박눈처럼 잘게 찢는다)

그러나 무엇이 내게 용기를 주었을까?
(물론 아무도 주지 않고 공기 중에 떠 있고
머리 사이즈가 맞으면 링에 쑥 밀어 넣으면 된다)
두려움 속에서 우주선의 단추를 누르자 서서히 입구가
열리고
펄펄 끓어오르는 김이 얼굴을 덮쳤다

그들은 죽지 않았다 이것이 바로 스팸메일로만 전해지던
지하 세계의 입구다! 허리를 못 쓰는 곡예사들이
얼어붙은 별의 표면에서
동태가 여러 마리 든 궤짝을 슬피 어루만지며
죽은 자들의 매장을 반복해서 시도하는 동안
그들은 좀이 쑤셔
지표 밑으로 내려갔구나!

'저 밑에선 어떤 계절이 지나가고 있을까?'

밥 식는 줄도 모르고 나는
펄펄 끓는 밑 없는 세계를 바라보고 있었다

외계인 애인

나 전설의 플라스틱 재벌은 가끔 손주들을 무릎에 앉히고 이야기를 다시 시작할 것이다 네 할미는 헌신적이었지 네 에미는 공부도 잘했지 남대문은 활활 잘 탔지 등등 이야기를 숨기기 위한 이야기를 뜬금없이 하고서, 비로소 낡은 휴대폰을 꺼내 외계에서 찾아왔던 애인의 문자를 읽어 줄 것이다 힘들어하면 어떻게 하겠어 내가 힘내라고 어깨라도 토닥여 줘야지요 매력 있어 이백 살 넘은 노파답지 않은 말투예요 영리한 첫째 손녀는 눈을 반짝이며 신이 날 것이다 고등학생 때였으니, 그래 정확히 할아버지보다 이백 살 많았단다 그리고 늘 하던 이야기의 가장 중요한 대목에 공을 들인다 피부가 정말 고왔어 합성수지를 특수하게 재활용한 살갗이라 이백 살 노파라고 믿을 수 없었단다 외계 과학의 승리였지 곧 이야기는 가장 슬픈 대목으로 들어서리라 지구의 바다를 눈에 담고 그녀가 동포를 생각하며 얼마나 흐느꼈는지, 수자원 담당 원로인 그녀가 왜 전쟁 중인 자기 별로 돌아갈 수밖에 없었는지, 아이들은 정치 이야기도 꾹 참고 듣는다 그때부터 할아버지는 합성수지에 대해 공부하기 시작했지 이 세상 모든 고무공을 만져 보았단다 간절하게, 그녀의 피부를 되찾고 싶었어 모텔을 전전하며 같이 끌어안고 누웠을 때의 그 합성수지 촉감을 잊을 수 없었단다 아버님 애들한테 그런 얘기를! 또 며느리에게 핀잔을 듣지만 아랑곳하지 않는다 밤거리 그만 헤매고 집으로 들어가요 그러곤 교보문고 옆에 길다란 광선 기둥을 만들며 그녀는 공중전화 부스를 운전하고 떠나갔지 이 세상 모든 플라스틱을 만져 보았단다 결국 난 합성수지 분야의 일인자가 되었고 군수산업에도 손을 대 인류는 두 번의 전쟁을 플라스틱 뿅망치로 치르면서 가벼운 타박상 환자만 남겼지 그러나 그 피부 감촉을 다시 느껴 보지는 못했단다 지구의 합성수지 기술은 이백 년이 뒤떨어져, 그때까지는 누구도 살 수 없지 전쟁은 끝났을까? 그녀의 별은 해방되었나? 세상을 떠나 이백 년 우주를 배회하면 다시 만날 수 있으려나? 아예 시작도 말았더라면! ⋯⋯그러면서 진작 잠든 손주들을 안아 침대에 누이고, 그룹 사옥 꼭대기로 올라가 송전탑에 걸린 은하수에 대고 네 이름을 부른다 세번 부르니 별 이름 같다

타이의 불상

오래 눈물을 흘리고서
가부좌를 하고 앉아 있다
타이 성운의 고향 별에선
예술 작품을 만들지 않고
여자들이 불상이 된다
나는 긴 다리와 부드러운 엉덩이로부터 자라 나온 허리를
뒤에서 안는다
어두운 불빛 아래서
신심 깊은 장인이 한 세월 세공한 부드러운 선과
따뜻한 살이 된 돌
숨겨진 경전의 원리주의자들인 우리는
무엇을 판단하기를 원치 않는다
우리를 구속하는 신은
질문을 받지 않는다
합당한 것은 조금도 없는 완벽히 폭력적인 세계
그러니 그냥,
합장한 손을 풀고서
끌어안은 내 팔을 위로하듯 쓸어 준 뒤
가만히 침대 한켠의 티브이 리모컨을 눌러

이 세상에 종말을 주고 해방되려는

타이의 불상

후일담

이젠 생명체의 신호가 전혀 잡히지 않는 사막이 된 이 별에 들르게 된 것은 추억 때문은 아니라고 되뇌었다 몇 세기 전 나는 이 별에서 미네랄이 가득한 물을 훔쳐 간 적이 있다 죽어가는 동포들은 생명을 얻었고 전쟁은 승리하였으며 나는 새 정부의 수반이 되었다 그러나 국회는 혼란스러웠고 결국 내 야심은 나와 광신으로 무장한 백팔 명의 측근들을 우주의 영원한 망명객으로 만들어 버렸다 지구인은 거대한 납골당을 유산으로 남겨 놓았다 묘지의 벽에 빼곡히 들어찬 메모리 스틱에는 죽은 자들의 영혼이 잠들어 있었다 지구인들은 영혼을 보관할 줄 알았지 다시 업로드하는 기술은 모른 채 사라져 버린 것이다 몇억 개의 벽을 조사한 끝에 그 남자의 이름이 적힌 메모리 스틱을 찾았다 우주선에 비치된 조야한 장치로는 그의 영혼을 유사(類似) 이진법 체계로만 겨우 되살릴 수 있었다 붉은 등이 깜박 긍정, 깜박깜박 부정…… 당신은 내가 누구인지 압니까? 깜박. 당신은 죽었습니까? 깜박, 잠시 후 깜박깜박. 그는 죽음의 개념에 혼란을 겪고 있었다 우리가 함께 했던 모든 일은 무의미해졌지요? 그를 다시 깨워 낸 게 미안했다 나는 그전과 똑같은 모습이에요 매달 갈아입는 합성수지 피부에 관한 한 취향이 바뀌지 않았지요…… 내 피부를 만져 보고 싶나요? ……신체나 마음이나 다 사라졌는데, 그리움이란 느낌이 아직 있나요? 엄마 이 생명체는 이미 죽었어요, 이러는 건 나쁜 짓이에요! 어느새 아들이 옆에 와 있었다 그만둘 수는 없었다 많이 힘들었어요? 깜박깜박(천만에! 전혀 그렇지 않아!) 그의 생채기를 건드렸다 이 단순한 이진법 체계 안에서도 영혼은 자존심을 표현하고 거짓말을 만들어 낼 수 있기에 나는 세심히 해석해야 했다 깜박깜박. 목이 메었다 당신은 죽고 싶습니까? 깜박. 엄마는 엄마가 원하는 일을 의문문으로 바꾸고 있을 뿐이야! 파도 위에 뜬 노을을 바라보고 싶어요? 노랫소리 들리는 술집에 밤이 깊도록 앉아 있는 일은 어때요? 비 오는 창가는? ……이제 노을 지는 바닷가도, 비 오는 창가도 우주에는 없어요, 그런 별이 많을 줄 알았더니……

이별의 노래

나는 '목숨을 구하는 약이라도 되는 듯 네 이름을 혀 위에 올려와 본다'라고 문자를 보낸다 곧 너는 '그럼 내가 약장수네?'라고 슬며시 피하는 답신을 보낸다 그러곤 우리는 인큐베이터 속에서 사라져 가는 생명을 응시하듯 각자의 반짝이는 창문 앞에서 희미하게 웃는다 따라오지 마, 이곳은 죽는 길 그러면서 너는 벼랑 위를 사뿐사뿐 건너간다 나는 너와 계속 장난칠 수 있게 벼랑에 부딪치는 햇빛도 바람도 소나기도 되게 해 달라고 기도한다 네가 풀섶에서 우연히 찾아내고 기뻐하는 새알이 되게 해 달라고 기도한다 나는 죽을 몸, 어서 네 가족들에게 돌아가 멍멍개야! 그러면서 너는 내 앞발을 붙잡고 쎄쎄쎄 해 준 뒤, 쫑긋한 두 귀 사이를 여러 번 쓰다듬어 준다 이제 됐지? 입을 열면 할 말은 나오지 않고 그저 낑낑거리는 네발짐승의 목소리 꼬리는 이 동물의 몸에 붙은 습관대로 만날 때나 이별할 때나 다른 표현을 모른 채 똑같이 흔들리는데, 너는 태양 속에서 마개를 연 환타 한 병 같은 미소를 남기고, 벼랑 뒤로 사라진다

분노에 대하여

성대를 지나가는 이 고속기류를
지상에 고정시켜 줄
큰 못 같은 말 한마디 있을까?

대가리도 팔다리도 다 떨어져 나가고
기억도 방향도 없이
큰 풍선처럼
바람을 뿜어 대는 우주의 허파

인도양에서 대서양까지
빈집 같은 몸을 지나가는
에너지

삭발한 뜨거운 정수리처럼
뉴욕의 빌딩 숲이
가끔 우유 팩이 밀려오는
가느다란
해안이 되었다

마음도 영혼도 없이, 때로 예쁜 인형같이

1

산 것들의 얼굴을 밟으며 또 누군가의
발을 이고, 어깨로 궁둥이를 찌르며
우리는 짓밟히고
어떤 여자들이 성녀가 돼서 나타나면
그녀들 발아래 줄을 서서 순교한다
우리의 몸이 깔깔거리는 그녀들 발가락의 때일 때
그녀들 어깨의 모피 코트처럼 보드라운 우리의 꿈은
낡은 화차처럼 밭은기침을 하면서
쉬지 않고 어디론가 달려가며 무엇인가
되기를 희망하는 것 희망과 욕정의 기적 소리
꿀꿀 울리며 무엇인가 한번
제대로

2

그러나 우리의 육신은 꿈을 꾸며
어딘가를 급히 가기 위해 무단 횡단을 하다
트럭 밑에서 수박처럼 으깨어지기 일쑤이니
죽은 보행자의 널려진 껍데기들 피 묻은

살점들은 화장터의 잿부스러기처럼 밀려 올라가

천국의 대문을 두드리며

하느님의 문지기를 화나게 하고

물통처럼 수박처럼 뻘뻘 땀을 흘리며 사는 자들

이 미로의 어느 복도를 돌아서다 언제 무엇을 만나

피 묻은 부고 한 줄 신문

귀퉁이를 낭비하고 사라질 것인가

어른거리는 천국의 갈색 대문 앞에선 아기 업은 아낙네가

땅을 치며 통곡하고, 잠으로도 죽음으로도 다 가릴 수 없는

신음 소리 방방곡곡 설날 떡방아처럼 들려오네

3

그래도 살아남은 꿈은 쉬지 않고 달린다 안개 낀

산들 여관마다 가장(家長)들이 겁에 질린 채

알약 한 움큼을 어렵게 목구멍으로 넘긴다 지상과 천상을 이어 주는

짧은 저녁 식사

그러나 기회는 있다 기회는 많다 여관방의 소주병처럼

아주 널렸다
　꿈에서 깨어나면 꿈으로 돌아가고 싶어 안달하며
　아, 하고 손짓하면 어느새 우리의 꿈은
　산속 깊은 곳 눈 덮인 돌멩이들
　창가(娼家)와 시장 사이의
　좁다란 골목을 쉬지 않고 달리고
　미로를 만들고, 누가 쫓아오면 키스 한번 해 주겠다며
다가가
　눈 감고 숨죽이며 혀를 빨 때 혀 고기를 개고기처럼 물
어뜯고
　그래도 사랑해 외치며 혀 깨문 여자를 방방곡곡 찾아다
니고
　미로의 골목 어귀마다
　착한 눈동자로도 기막히게 옆 사람을 비웃으며
　깨무는 기나긴 행렬
　학문도 예술도
　잉잉거리는 쉬파리들을 향해
　높이 쳐든 깃발
　그러나 이 장한 삶도
　무단 횡단을 하다 트럭 바퀴에 감기며

고무호스를 크리스마스트리처럼 장식한

침대 위의 식물로 얌전히 돌아가는 것이니

(하하 종말이란 그것참, 물고기 비늘처럼

내면도 무게도 없이 떨어져 내리는 것일 뿐)

살아남은 것이 기뻐

푸짐히 주문해 목구멍과 변기 속에 날마다 버리고

이윽고 돼지 저금통같이 둥글어져 네가

누구인지 내가 누구인지

한참을 더듬은 끝에 간신히 잡은 늘어진 것이 턱인지 젖

인지

분간할 수도 없고

잠결에

비웃음 소리 살짝 들려 항의하면

가여워 우는 찬송가였다고 깜짝

놀란 표정을 지으며

태어나 배운 말 가운데

지겨워

기억하고 싶은 한마디도 흙이 묻고

지겨워

4

그리하여 모피 코트가
스르르 흘러내리며
내 앞에 발가벗고 선 너는
지구가 시간이 다 된 목마처럼 회전을 멈추고
이번 턴이 마지막이었다고 히 ——
비웃으며
인류의 발목을 잡듯
문이 닫힌 여자
마음도 영혼도 없는 예쁜 인형
물기와 숨결의 놀라운 대기 현상이 일던 입술은
한낱 뒤엉킨 뿌리가 되었다
아랫배에 손대 보면
깔깔거리는 죽음을 임신하고서 이미
진흙으로 돌아가는 중인 너의 비곗살
쯧쯧 ——
너무 오래 잔 나머지 기억은 다 날아가 버렸구나
쯧쯧 ——
문명의 답안 0점

(그러나 재수 없는 니 공부나 신경 쓰시지?)

다시 허기 때문에 무얼 좀 먹을까 하고 네발로 디디고
깨어난 한밤중

성냥 한 개비 남기고

세상의 불은 다 꺼졌네

오! 마지막 성냥이여

엄살 부리며 칙 그었더니

곧 꺼져 버렸네

(오! 성냥 회사들이여)

그러나 뭔가 심각한 신탁을 읽을 새도 없이

여느 날처럼 그냥 맹하니 해가 떠서 이미 환한데

꺼진 성냥은 무색해지고

넘어지는 팔을 붙잡아 주듯

멍멍 ──

멍멍 ──

우리 문명의 따뜻한 언어로

누가 위로해 주네

멍멍 ──

그러나 어깨를 토닥이던 손은 재빨리

전단지 한 장을 건네주고
멍멍 ──
으르렁거려 겨우 쫓아 버리고서
이 별의 중력을 못 이겨
자꾸 배를 바닥에 끌면서도
여전히 보행이 가능한 짐승임을 애써 설득하며
어딘가를 바삐 가는
나의 네발
네발 네발!

알코올중독

> 전문적인 술꾼처럼, 정말이지 맹세코 남김없이 마셔 버렸고, 더 이상
> 절망하는 자가 아니라 예술가처럼 술병을 내던졌다.
> ── 카프카

일단 기억이 녹아내리고
문법을 지킬 수가 없다
다음으로 단어의 분절이 사라져
사물을 지배할 수 없고
지친 눈으로 오래도록 응시할 뿐
마침내 시선의 고리조차 끊고 사물들은 달아나 버려
우주는 그저 뒤범벅이 된 색들
쾌락과 절망의 오묘한 싸움!
시간을 가두는 감옥이 없고
머리는 몸 밖으로 빠져나가고 싶어 하는 해골처럼
무섭게 덜컥거리며
다리는 기교로 넘치는 무예가의 그것
이제 중계자 없이 죽음과 직접 대면할 만큼
생명은 입은 옷 하나 없이 자신만만하다

우주는 째깍거리고 별들은 톱니를 맞춘다

시계를 보려고 손목을 들었는데
시계 유리에 동그랗게 떠 있는 하늘
범선의 돛대처럼 초침은
저녁 구름 위를 천천히 떠가고
시계를 보려고 손목을 들었는데
시계는 간데없고
저무는 하늘의 풍경 주위로
반짝거리며 나타나
회전하는 수억 개의 톱니바퀴

째깍거리고 ——
째깍거리고 ——
젊은 인간이 애통해 울고, 이 슬픔을 기억해야지, 수없
이 되뇌지만 기쁨도 슬픔도 사라지고 곧 울음의 기억도 잊
어버려, 그를 울게 만든 사람과 지금 방금 옷깃이 스친 줄
도 모르고 무심히 지나쳐 길을 건넌다 그 보행자가 길을
또 건너고 건너고 또 여러 번 울다가 점점 종이 위에 그린
멈춘 시계 같은 얼굴이 되어 그의 째깍거리는 소리가 마침
내 길 위에서 사라질 때까지,

그러고 나서 또

언젠가 멈출 시계 같은
다른 보행자들의 슬픔을 반짝이는 초침으로 밀고 가며
계속
우주는 째깍거리고
우주는 째깍거리고
시계들은 애통해 울고
별들은 톱니를 맞춘다

이별 뒤에

대숲처럼 울던 마음이 있던 자리엔
가시처럼 살만 남은 안팎 없는 우산 하나

떠가던 모래와 돌들이 숨을 거두며 멈춰 선
마른 길은
한때 이 길 위에
실개울이 살았다고 말해 주네
저물어 무거워진 햇살이 내려앉으면
큰 눈망울들이
눈물 가득 담고 흘러가던,
말을 걸 때마다
숙인 고개 밑에서
흐느끼듯 빛나던
그런 실개울이
이젠 벙어리 입 같은 모래가 되어

새벽의 여배우

모든 것이 깨어날 때
의자의 위치를 확인한 후
꽃잎은
어디가 자신의 가장 올바른 자리인지
작은 마당을 수없이 둘러보며
수천 번 골똘히 생각했다 지우며
정성과 시간을 들여
한 번뿐인 공기 중의 나선형 계단을
어느 날의 시상식처럼
걸어 내려온다

고인 물

공원 바닥을
게으름 부리며 정리하고 떠난
인부들 덕에
비 갠 오후면
하늘 담긴 거울 하나
흙바닥에 생긴다
승용차를 타고 공원 내부까지 들어와서
도면을 들고 열심히 이곳저곳 돌아다니는 젊은이들이 찾
으면
늙은 경비원은 그 거울 앞에 불려 나와 난감한 표정이다
에이 사람들, 이렇게 흙만 슬쩍 덮어 놔 갖구는……
그러고는 구둣발로 주위의 흙을 쓸어
물구덩이 메우는 시늉을 해 본다
그런다고 되나요
저희들이 나중에 다시 해야죠
담배 한 대씩 나눠 피우며 젊은이들은 관대하게 일을
마무리 짓는다
저무는 빛을 반사할 때면
아무것도 들어 있지 않아

빈 가슴 같은데

늙은 경비원은

만나기로 한 약속이라도 기억해 낸 듯

해 지기 직전의 이 거울 앞에

그냥 서 보는 것이다

참 이상하지?

마음이 아프니 말이야

나뭇잎 그림자라도

잠시 닿았다

바람에 밀려 사라지면

그리워 참지 못하고

바람 지나간 자리 주름을 만들며

부르르르 떠는 고인 물

생명체의 자궁을 빌리지 않고

우연히 태어났다가

이제 마른 흙 몇 삽이면 사라질

익명의 어떤 생명 한 조각

오늘도 혼자서 우주를 앓고

왕은 죽어간다

성기는 한약방의 개구리처럼 말라붙어 버렸다
벽 뒤에선 애첩들의 비웃음 소리
이년들!
지팡이를 들고 부들부들 떨며
무엇을 때릴까 생각해 보지만
기억은 오래가지 못한다
이내 잠이 들고
내가 누구였는지 잘 생각나지 않는데, 어?
밥상이다!
달려들어 퍼먹고 궁녀 위에 올라타려 하지만
성기는 한약방의 개구리처럼 말라붙어 버렸다
잠이 들고
벽 뒤에선 애첩들의 비웃음 소리, 이년들!
근데 지금 왜 화냈지? 졸음이 몰려와 기억이 녹아내리고
또 밥상이 들어오고, 아무리 걷어 올려도 수만 겹을 껴
입은 계집들의
속살은 보이지 않고, 왜 옷을 벗기고 있었지?
비웃음, 이년들! 왜 화냈지? 다시 밥상이다!
또 졸음이 오고, 내가 누구였더라? 와 밥상이다! 이년들!

마침내 항문이 열리며 우뢰가 빠져나오고

인분으로 방 안에 성벽을 쌓아 부정한 것들의 접근을
막은 채

죽어간다

과오의 본질

영주는 성벽이 무너지는 소리를 듣는다
창끝에 꽂혀서 내동댕이쳐질 때마다
어린 군사들 몸에서 새어 나오는
무서운 비명

그는 수를 놓고 있는 중이다
뱀과 개가 뒤엉킨 왕가의 문장(紋章)이
붉은 비단 위에서
영지가 엉겅퀴 밭으로 변해 가는 몇 해 동안
아주 느리게 모습을 나타내고 있다
그는 수를 놓고 있는 중이다

시녀들과 요리사들의 시체를 밟고 올라간 병사들이
횃불을 쳐들자
휘감겨 올라간 그의 깃발들이 탄다
그는 수를 놓고 있는 중이다
왕비와
어려서 죽은 공주의 무덤이 검게 그을리기 시작했을 때
어두운 촛불 밑에서
불안하게 자리를 지키던 정부(情婦)가 비로소 탄식한다

나의 주인이시여!

늙은 대신들의 고매한 예절이

한낱 즐거운 음모였다는 것을 증명할 기회는

수많은 밤들의 숫자였지요

그 밤들은 당신의 시시한 의리와

안이한 타협으로 말끔히 사라졌어요

수선화는 이제 꽃잎을 거두고

눈앞엔 모든 것이 다시 태어날 여름인데,

당신은 아무것도 기르지 못했군요

그는 말없이 수를 놓고 있는 중이다

수를 놓으며 궁전의 어느 가을을 생각한다

현인들은 별자리를 강해하고 악사들은

사무치는 노래를 지어 바쳤다

대신들은 지혜롭고 귀부인들은 정숙하며

사제들이 올리는 제사는 신을 기쁘게 했다

형과의 지독히도 길었던 투쟁은

어느 날 그를 가문의 유일한 생존자로 만들었고

형에게서 빼앗은 여자는 몇 번의 겨울을 간신히 넘겼을

뿐이다

징벌은 우연을 통해 말을 건넨다고 생각해야 하는가?
휠체어에 앉은 공주는
올바른 느낌대로 중력의 유혹에 손을 내밀고
계단 아래로 바퀴를 굴려 버렸다
어느 한순간
오래된 병균이 잠을 깨듯
그의 마음이 변했다
저주의 예감 때문에 당혹스러운 가운데
그는 망설인 끝에
아무렇지도 않다는 표정으로
가면들을 보관하는 회랑에서 빙그르르르 돌아본 후
자신을 용서할 기회를
모르는 척 슬쩍
버렸다

종루는 화염에 휩싸였습니다
나의 주인이시여!
왕비께서 당신을 한낱 궁전의 창녀인 제게 부탁하셨을 때
저는 당신의 눈에서
불이 붙어 가라앉는 섬들과

공포를 바라보느라 입술이 얼어 버려

아무런 대답도 하지 못하고 당신의 침대에 올랐어요

당신의 복수심이 제 몸 구석구석을 통과하도록 내버려
두었지요

복수라니, 우습잖아요?

복수할 것은 애초에 없고

당신이 지쳐 늙을 때까지

천천히 과즙이 고이는 항아리처럼 비명으로 가죽을 채
우고서

죽어간 것들만 있는데.

이제 의무는 지켜졌어요!

그러곤 긴 창들이 세워져 있는 창밖으로

몸을 던진다

그는 수를 놓고 있는 중이다

멀리서 백성들이 부르는 기쁨의 노래 가운데서

그는 수를 놓고 있는 중이다

기형의 뱀과 병든 개가 서로 얽혀 있다

죽고 싶어, 죽고 싶어 말하는 그들의 지친 눈은

이 집안의 마지막 한 방울 정액처럼

혼탁하고 윤기 없다
이윽고 정교한 장식이 꼭 들어찬 문이 조각나
놀라운 속도로 날아가더니
말 탄 기사가 들어오고
높은 투구에 부딪쳐 천장의 샹들리에가 깨어져 나간다
기사의 긴 창이 등 뒤부터 그의 심장을 찢어 버렸을 때
세계가 저무는 그의 눈동자 속에는
뱀의 혀를 장식했던 루비와도 같은 어떤 감정이 이글거
렸다
한 이름을 불러 보려고 안간힘을 쓰는 사이
몸 안의 모든 알려지지 않은 이야기들은 나갈 구멍을 찾
지 못해
아무것도 들어 있지 않아 보이게 된 영주의 몸은
미완성의 문장(紋章)을 천천히 찢으며
지옥을 향해
고꾸라졌다

괴로왕
— 또는 금홍이가 마흔을 넘겼다면

그러나 그러나 눈물의 王! 이 世上 어느 곳에든지
설음 잇는 땅은 모다 王의 나라로소이다.
— 홍사용

　여자는 괴롭다고 한다 이 세상에서 더 괴로울 수 없는
사람, 괴로왕이라 한다 나는 그 괴로워하던 개로왕처럼 바
둑에라도 취미를 붙여 보라고 한다 그러나 저 여자는 춤에
취미를 붙인 모양이다 인간이 없는 형식인 그 예술에 매료
된 모양이다 괴로움은 오직 인간의 것이니까, 괴로왕의 왕
관을 내려놓고 싶으니까, 오오 아니면 도림(道琳)이 같은
불세출의 춤꾼이라도 만났단 말인가? 여자는 괴롭다고 한
다 여자의 괴로움에 대해 내가 뭘 알겠냐마는, 이 동네는
말이 통하지 않는 동네, 이 가족은 말이 통하지 않는 자들,
이 남자는 말이 없는 남자, 이 애들은 웬수 새끼들! 꿈은
핥아먹기도 전에 얄미우리만치 빨리 증발해 버리고, 몇 번
입지도 않은 옛날 옷들은 무섭게 작아졌는데 쿵쿵딱, 박자
가 들어오네, 쿵쿵딱, 인간이 없는 형식, 쿵쿵딱, 목이 달아
나고 팔다리가 떨어지고, 귀먹어 아무 소리도 들리지 않는
가운데 쿵쿵딱, 오늘은 빛나는 춤의 여왕일 뿐인 괴로왕

행방불명

그 겨울 블로그를 폐쇄한 옛 여자들에게 문자를 보냈
다 똑바로 박히지 않은 보도블록 틈에 얼음이 얼던 날 카
드 빚 진 처녀들은 사채업자의 손에 이끌려 휴게텔 뒷문으
로 들어갔고, 미끄러지지 않으려고 안간힘을 쓰던 겨울 몇
달이면 될 거야, 약속들 수없이 붉게 찢는 지장(指章)들 낮
시간이면 남대문시장을 서성이며 고심해서 속옷을 고를 것
이다 심심한 남자들의 머리 위에 씌워질 모기장 같은 날개
그 겨울 맨날 씹히는 문자를 보내며 나는 기도의 본질을
알게 되었다 맨날 씹히는 기도 거절도 수락도 받지 못하는
희구들 그러나 늘 좋은 것 주시는 우리 아버지 문자 좀 씹
지 마! 또는 언니들의 방석 아래엔 동전으로 수없이 긁은
복권들…… 그 겨울 보건소 테이블엔 차례를 기다리는 종
이컵이 질서를 잘 지켰고 나는 야구 모자를 눌러쓴 여자들
과 좁은 통로에서 스쳐 지나갔으며, 확신 속에 오래도록 가
파른 계단을 어, 하면서 돌아보아야 했다

기쁜 젊은 날

사랑스러운 그녀에겐 새벽 네 시까지 손님이 찾아온다 좋은 징조야 유월엔 카드 빚과 작별이지 그러면 같이 햇빛을 밟으며 걸어야지 지하 인간 최초의 나들이 금붙이처럼 사방에 흩어진 햇빛이 신기하게 걸음걸음 밑에서 떠받쳐 잠시 빛 속에서 떠오르며, 아아 태어나 생명 얻은 것들 그저 숨 쉬고 눈에 태양이 담기고 바람이 머리카락에 감기는 것이 즐거워 그러곤 분수 가에 앉아 한 모금 맥주를 마실 것이다 공기는 따스한데 태양의 금빛 물은 차가운 거품과 요동치며 목젖을 아프게 하고 가슴 아래서 폭발하겠지 장난치고 아무 의미 없는 말들도 즐겁고, 저 긴 눈썹 위에 태양의 빗물처럼 뚝 뚝 맺히는 웃음! 그러나 더 이상 별달리 할 일이 없어 나는 우울해진다 사방에 밤이 왔네 짜증이 나 다시 발길질하자 그녀는 울고 던지고 악쓰고 또 한참 쓰러져 있다가 결심한 듯 내 물건들을 오피스텔 바깥으로 집어 던지고 머리를 마구 흔들어도 벌레 같은 기분이 다 떨어져 나가지 않자 다시 카드를 긁어 명품을 산다

주점의 문을 밀며

주점의 문을 밀며
동전 한 닢처럼 떨어져 있을지 모를
행복 한 조각을 기대한다
술잔 앞에 앉아
무릎 위로 치마가 올라온 것을 생각하면서
남자의 말에 귀 기울이고 있는 척하는
아름다운 여자들
얼마나 많은 사람들이
저 입술을,
때로는 저 술잔을 핥으며
죽고 싶은 이승의 시간을 이겨 냈을까
그래서 잠시,
남자가 세 시에 맑은 정신이 되어
저 여자 옆에서 깨어나는 광경을 떠올려 보는 것이다
가짜 젖가슴이 이불 바깥으로 기어 나온 줄도 모른 채
곤히 잠든, 술 때문에 부은 얼굴을 내려다보며
이렇게 생각하고 위로받으리라
이 지방(脂肪)의 곡면 밑에 숨어 있을 영혼을
끝내 만나지 못해 아쉬웠으나

사실 인간은 책이나 해 질 녘 풍경과 달리

애초에 영혼이 없노라

지방 뼈 가죽 자만심

지방 뼈 가죽 지방 지방……

그리고 다시,

죽고 싶다는 유혹에 사로잡히는

참을 수 없는 저녁이 찾아오면

시끄러운 소리 반가운

주점의 문을 밀며

캔디

그녀를 캔디라고 한다 사자머리로 파마한 탈색된 머리는 실은 금발이라 한다 결혼은 다시 할 것이 못 되고 마흔두 해 동안 사이 나쁜 이 몸도 계속 들어가 살고픈 집이 아니다 그리고 캔디는 일터로 나갔다 들어와 전화기 앞에서 기다린다(근데 뭘?) 겨울엔 벳푸 온천을, 가을엔 혼자 시안의 유적을…… 진시황릉을 보았지요, 가이드가 공항까지 데려다 주는 동안 엽서에 써 본다, 아무리 안달해도 뺨은 처지고 허리는 굵어져요 세상을 다 가진들 뭘 하겠어요? 젊은 애 하나 뜻대로 못 하는 것을…… (황제가 자리를 비우면 키들거리며 저희들끼리 사랑을 나누는 궁전의 어린 장난감들 이젠 젊은 애들과의 채팅도 노래방에서의 섹스도 스폰도 그만두어야겠다고 생각한다) 이윽고 잠시 생각해 보지만, 주소란엔 아무것도 써넣지 않는다 활주로는 어느덧 빗속에서 사라져 가고, 플라스틱 장바구니를 들고 동아시아의 면세점을 터덜터덜 걸어가는 삶 그러나 명품들도 풀이 죽은 채 이제 마술을 걸어 주지 못한다 집에 돌아오자마자 캔디는 결심한 듯 고개 숙인 거울을 다그치며 황금 마스크에 그린 화려한 웃음을 보여 준다 거울이 코디해 주는 대로 수없이 웃음을 그려 본다 웃어라, 웃어라 캔디야 들장

미 소녀야, 바로 이 웃음이야, 기억해야지 결심하고서 면세점에서 산 향수 냄새를 한번 맡아 본 후 잠자리에 눕는다 어둠이 몰래 바라보는 가운데 갑자기 구면인 듯한 어떤 소녀가 무한한 시간을 소유한 부자처럼 크게 웃는다 이 꿈을 관찰하고 있던 캔디는 하마터면 행복에 질린 그 가분수 얼굴이 바로 캔디라고 착각할 뻔했다

시장길 여관 또는 존재의 저편

죽은 비둘기처럼
이제 평화를 얻었다는 듯
브래지어는 소파 위에
날개를 늘어뜨린 채 막
생을 마감했네

남자가 힘들게 침대 시트를 더럽히는 동안
거울 속에서 무음 모드의 램프가 번쩍거리던 전화기는
이제 무심한 '사물'이 되어 있고
자동차 산업과 오염된 바다로 유명한 고향 도시의
딸은, 수화기를 집어 던지며
아빠에게 신경질을 부리기 시작했을 것이다

여관 창문으로
먼지를 잔뜩 묻히고
비듬처럼 날아 들어오는 한낮의 햇살
바람 소리 들리면
잠시 뒤에 따라오는 비린내

일사불란하게 죽음을 향해 이동하는
바둑판의 군사들처럼 도착한
이 한낮의 생선 궤짝이
강 건너 약속의 땅인가?
근데 이건 뭐랄까,
늘 말을 아끼는 폐사한 물고기의
입 같잖아?

여자는 가시와 살로 된 무덤처럼
비린내 속에 누워
죽은 물고기들 꿈을 오래 꾸었네
선물 상자에 든 노르웨이산 훈제 연어같이,
눈 속에 얼어붙은 푸른 물이
고기들이 죽기 직전 무엇을 보았는지 말해 주네

노르웨이의 천국으로 입성하다
물 표면에 죽은 이들의 흰 손바닥으로 뜨는
고기 떼
파도에 넘실거리는 스티로폼같이

울렁거리는 한낮의 잠
꿈꾸기 싫고 깨어나기 싫고
살아 있음을 기억하기 싫고

(햇살도 어깨에 떨어지면
천근만근이 되는 이 존재……
의 저편엔 도대체 어떻게?)

어떻게?

(그런데 송암천문대에서 목성을 바라보며
차가운 산정의 공기가 좋아 계속
웃고 떠들었잖아요
머리카락의 이슬이 금방 얼어 너무 신기했고
마지막 케이블카라고 안내원이 소리치자
목도리가 끌리는 줄도 모르고 막 뛰어갔지요……)

은행나무

저 색을 보고 있으니 장님이 되어 가는 게 아닌지 겁난
다 타들어 가는 필름 한가운데서 불붙는 잎사귀들 뭔가
잘못됐다, 뭔가 눈속임이 있다, 되뇌지만 나무는 벌써 광선
을 이리저리 쏘아 대서 얼굴, 가죽도 뼈도 다 타 버리고 깨
진 달걀처럼 아무 방패 없이 풍경 위를 흘러 다니는 눈알
들 마지막으로 눈썹에 붙은 불처럼 아주 가까이서 탁탁,
노란 불꽃이 튀는데, 바람이 여보시오, 하자 경기를 일으키
며 온몸으로 불꽃이 내려와 붙는다

잃어버린 중국집

일요일 저녁 중국집
가족들이 외식을 하는데
머리를 갈라 땋은 여학생 아이는
들고 온 잡지에서 눈을 떼지 않는다
누구와도 이야기하지 않는다

언젠가 너도 낯선 자를 만나고
부모와 동생을 떠나고
남 같은 자식들을 낳으리라
네 식탁엔 누구도 앉으려 하지 않고
어느새 네 곁엔
끌고 가지도 버리고 가지도 못할 수레처럼
기울어 있을 삶

아 나는 그날 어떻게든
중국집을 떠나지 말아야 했어
의자에 몸을 비끄러매고
아빠 엄마도 빼앗기지 않게 꼭
붙들고 있어야 했어

그날의 짜장면 다발은 얼마나
부드러웠던가!

수레 밑으론
밑 없는 물이 흘러가는지
바퀴는 노 젓는 소리로 삐걱거리는데

삶은
나만 잘못하고

가자
── 2009년 1월

뉴스 끄트머리에 따라붙는
마지막 일기예보가 안심시켜 준다
내일 출근길은 문제없을 것이다
그저 가까운 의혹이 있다면
남부의 국도를 쉽게 녹지 않을 눈으로 덮고서
수은주의 영도 아래서
지옥의 바닥으로 중력을 유혹하며 끓는
붉은 국물뿐이다
흰머리 풀고 휘몰아치는 하늘의 누이를 자꾸 화나게 하는
온도계의 붉은 수프가
내일까지만 수도권 바깥에 머물러 줄까?
그다음은 휴일인데……
나는 근심스럽게 구두를 고르며
눈에 젖으면 가죽이 어떻게 될까
아침 일곱 시에 다시 한번 물을 것이다
아나운서가 마감 직전에 읽어 준 외신 속에서
그런데 누구의 피가
아시아의 저편에서
먼지가 자욱한 어머니

모래의 바닥으로 흘러내리는가?

가자 지구의 건조한 삼단 카스텔라

케이크 위에 뿌린 시럽은

어느 민족에게 양도되지 않을

오래된 지층을 장식하며 흘러내린다

천천히 대지는 피를 뒤집어쓰며

생일 케이크가 되어 간다

누군가의 임종 순간에 생일 케이크 위

붉은 시럽이 천천히 탐스럽게 퍼져 가며 탁

믿을 수 없이 즐겁게 촛불이 켜진다

누군가 공포 속에서 사라져 갈 때

살아 고기를 물어뜯는 것들이 기념된다

저 오래되고 불안한 거리에서

케이크를 장식하는 시럽이 되기 위해 죽은 아이가

내 딸이 아니어서

우연은 우리 가문에 안도의 축복을 내리는 신인가?

솜으로 아무리 닦아 내도

어린 시체는 영문을 모르겠다는 듯

그들이 원하는 대로 백치처럼 튜브에서

계속 시럽을 흘린다

이스라엘의 생일잔치는 무르익고

그저 가까운 의혹이 있다면

내겐 눈이 내려 구두가 젖는 평온한 날들

이스라엘의 간식은 시럽을 뿌린 탐스러운 케이크

축복은 행운의 경품권처럼 지구 이편을 완고하게 지킬 것이다

축복받은 자와 케이크가 된 딸의 아버지

그의 두 눈이 미쳐서 이글거려도

운명은 바뀌지 않을 것이다

축복받은 우리는 그 징표로 매일 양의 대가리를 목 위에 얹고

한 줌의 우연과 요행에 깊이 감사하며 산다

우리 뽐내는 무신론자들은

이렇게 마음 모를 신의 변덕을 두려워하며

시시한 사제처럼 일생을 보낸다

한때 하나님이 이 잔악한 이스라엘을

자신의 시를 써 보려고 집어 들었으면,

이젠 던져 버려라

차라리 지구의 입을 두꺼운 가죽으로 덮고
모두를 눈멀게 하고 이
수치스러운 별을 우주의 눈앞에서
닫아 버려라

뇌
— 또는 김수영의 마지막 날

대지여, 영예로운 손님을 맞으시라
— 오든

1

술 취한 시인은 이번에도 이길 것 같았다
"너는 왜 이런,
신문 기사만큼도 못한 것을 시라고 쓰고 갔다지?"
인격에 싸가지라고는 조금도 없어서
그는 죽은 이에게도 뒤에서 욕을 한다
아니면 빈말 한마디 하는 데도 수전노 같다
"거짓말이라도 칭찬을 쓸 걸 그랬다"
시인은 이번엔 자기 자신을 이길 것 같았다
자신을 칭찬하고 싶지 않은 나머지 이제,
비틀거리며 차도 위로 내려오는구나
("당신한테도 이겨야 하겠다")
이 못된 성질

2

심야 버스가 멈춰 서고
계란찜을 만들려고 사기그릇에 탁
껍데기를 치는 충격

같은 것이 머리를 지나갔으며
남극에 떠 있는 얼음처럼 두 눈 뒤에 둥둥 떠 있던 뇌는
이제야 당황하며
자신이 견고한 조직을 자랑하는
얼음 덩어리처럼 차가운 관념이 아니라
뼈도 근육도 없는, 콧물처럼 흐르는
미지근한 지방질임을 깨닫는다
그의 금 간 계란 껍데기가
버스 헤드라이트가 쏟아 내는
맥주 한 잔처럼 길고 노란 빛줄기 속에서
붉은색을 섞어 가며
향유고래의 뱃속에 들어 있던 기름 같은 짙은 액체,
그보다는 세포조직이 좀 복잡한, 오히려 정액에 가까운
비호감의 국물을 질질 흘리기 시작한다

3
아스팔트 바닥에서 미끌거리는
돌이킬 수 없는 요플레

이상하지?

고작 알코올에 녹는 일에만 좋아라 나서던

이 중독된 기름 덩어리도

눈에 예쁜 여자 들어오고 때로 혁명이 일어나면

멋진 화학반응을 만들어 내지

나는 오입쟁이요, 여편네를 수시로 팼고

미도파백화점에서 장사하는 여자와 바람피웠으며

주제넘게 애들에겐 엄했고

친구도 (사실) 없다 억지로 쓰는 평문은 사심투성이요

번역은 순전히 돈 때문이다

아침엔 보란 듯 구두끈을 묶는데

노모에게 출근하는 시늉을 하기 위해서다

"신문사 일을 보게 되었읍니다······

번역두 하구, 머어 별것 다아 하지요

내가 못하는 일이 있나요!"

("참패의 극치다")

4

곱창의 외관을 부조(浮彫)했기에

구불거리는 주름이 잔뜩 낀 이 못생긴 기름 덩어리가,
이상하지?
금지 약물을 복용한 놀라운 높이뛰기 선수처럼
때로 문법의 法을, 그러므로 모든 법을 넘어선다
말은 의미를 위해 봉사하지 않고
쓸모없는 것을 자처하며
말은 그대로 중력의 중심 같은 돌멩이
말은
무의미하고 껄끄러운
빛을 내기 시작한다 뇌가
수백 벌의 스웨터를 통과하듯
돌이킬 수 없이
정전기를 일으키는 그 한때
우주를 지배하는 정치와 대면한 순간
뇌는 그저
태양계를 지나가는 천상의 욕설이
대기권과 부딪치는 잠깐 동안
욕망과 실패가 구제 불능으로 뒤엉킨 지구의 한 망가진
도시에서

그 소음을 영접하는 이에 불과했으니

시인이

흰 런닝구 하나 입고서

거실에 멍하니 앉아 있는 어느 오후에

삐뚜루 바라보는 그의 눈에선

번쩍거리는 뇌의 정전기가 잠깐잠깐 새어 나오며

※ 이 시의 인용 구문은 모두 김수영의 글에서 왔음.

십 년

파밭의 파는 사내애 같고
자두나무의 붉은 열매는
사내애가 데려온 여자애 같다

엄마는 이 촌스러운 정원을 가지고 있다

(이 근원적 동산에선 따분해
누구든 지체하려 하지 않는다)

어디로 갈까,
한참 시끄러운 뒤

서로 화장을 고쳐 주는
뮤지컬 배우들처럼
상처 낸 얼굴에 연고를 발라 주며
십 년 전 자기들이
푸른 줄기와
붉은 열매의 신분이었음을 기억하는가?

라헬의 언니 또는 야곱의 아내, 그리고 연애의 끝

대지의 불꽃처럼
꽃을 가꾸는 일보다
감자처럼 구덩이에
묻히는 일이 중요하다

필연의 법칙이여
중력을 시험해 보려고
죽음을 티켓처럼 끊어 들고
쏴—— 가스레인지 불꽃 소리를 내며
공중의 매장지를 찾는 운석처럼
당신과 함께 묻히기를
날마다 바랄 뿐이다

화분 아래로
이미 매장된 뿌리들이
가만히 손잡고 있듯

완전한 형식에 비하면
살고 웃고 연애하고 가슴 설레는 일이
중요하지 않다

부부

테팔 포트에
수돗물을 받아 사무실로 돌아왔다
화분 위의 풀과
반씩 나누어 마셨다

햇볕이 들기에
화분 놓인 창가에 가만히 기대 보았다
가위질로 머리 다듬듯 바람이 만져 주니까
나도 풀도 커트가 끝나길 기다리고 있었다

그대의 한생에나
나의 한생에나

아주 똑같은 물과 바람과 햇빛이
두 사람에게 중복 예약된
호텔의 문처럼,
신기해하며 마주 보는 얼굴들 사이로
축하합니다
하며 열린다

밥집 대나무의 환시

벌레 날개보다도
얇은 빛 부스러기를
머리
옆구리로 흘린다
나름 생각 있는 식물의
그리스도 코스프레

살 다 부러지고
비닐만 남은 우산을 쓴 거지가
갑자기 태양을 만난
성스러운 오후 같네

거지 왕을 경배하러 온
바람이
음식점 대문 앞에서
분무기로 뿌린 듯 사라지는 비를
살짝 스쳐
젖은 옷을 조심하며 왔다
갔다

그러면 귀가

칼날 소리를 듣는

자객의 피부처럼 맑아져

잎사귀 사이 기류의 폭포가

십자가에 걸어 놓은 라디오처럼

그렇게 자세히 중얼거리는 생물

내가 그린 내 얼굴 하나

내가 그린 내 얼굴 하나
티브이 켜면 짐승같이
울부짖는 세상의 갈대밭
가스실인지 목욕탕인지 문앞에
표시가 없다
안개 건너에서 훤칠한 가로수들을 거느리고
네가 온다
아주 가까이
가까이
온다, 새 세상처럼, 쾅
거울에 보기 좋게 부딪혀
신음 소리 수증기 피어올라
세상 거울 다 가리고
숨 막혀 코로 입으로 다시 부딪히자
큰 동그라미 하나에
작은 구멍 둘 땡땡
안개 낀 거울에 선명하게 도장 찍은
돼지 주둥이
아무리 생각해도, 하하

배고 낳고 죽는 것들에 대하여

어느 날
혼자 오래 노력한 끝에
마지막 정액 한 방울을
신문지 위에 흘릴 것이다

상한 우유 방울처럼 우울한
소리로 바닥을 치는 정액 소리를 들으며

그 젊은 날

신선한 우유 방울만이
액체 표면을 때리며 만들어 낸다는 그
황홀한 왕관 모양의
서울우유 카피를, 잠깐
(아주 잠깐)
추억할 것이다

그러곤 졸음이 밀려와
왕관이 무거운 왕처럼

고개가 떨어지고
무엇이 슬펐는지 생각도 나지 않고

그냥
조용해질 것이다

임종의 한순간

오래된 사진을 발견한 듯
햇빛이
물끄러미
벗겨진 가면을 바라본다

깜짝 놀란 동상처럼
멈추었던 시곗바늘은
째깍,
공정한 판관의 처사를 뽐내며
태연히 다른 이를 찾아
일 밀리 이동했다

외계의 사랑

이광호(서울예대 문창과 교수 · 문학평론가)

　사랑이라는 사건은 '우주적'이다. 사랑의 위대함을 말하려는 것이 아니다. 사랑은 그 자체로 위대할 것도 없는 '신체적' 혹은 '유물론적' 사건에 불과할 것이다. 그럼에도 불구하고 사랑의 우주적 차원을 말할 수 있다면, 그것은 '사랑'이 철저히 '시간' 위에서 벌어지는 사건이라는 것을 의미한다. 어떤 사랑도 보이지 않는 시간성을 넘어서 성립하지 않는다. 우주는 영원할지도 모르지만, 우주에 속한 모든 사건들은 우주적 시간 내부에서 그 유한성을 살아야 한다. 사랑의 영원성이라는 공허한 관념은 사실, 사랑이 우주적 사건에 속한다는 진실에 대한 일종의 과장된 해석이다. 모든 사랑은 유한하지만, 그것이 속한 우주적 시간 자체는 무한하다. 그 우주적 시간이 보이는가? 서동욱의 시집에는 이 우주적 시간 속에 속한 사랑의 이미지가 지속적으로 등장한다. 그 이미지들은 한편으로는 사랑하는 한순간, 순간의 우주성을 발견하게 하고, 다른 한편으로는 사랑이라는 신체적 감각을 우주적인 상상적 차원으로 쏘아 올린다.

째깍거리고 —
째깍거리고 —
젊은 인간이 애통해 울고, 이 슬픔을 기억해야지, 수없이 되뇌지만 기쁨도 슬픔도 사라지고 곧 울음의 기억도 잊어버려, 그를 울게 만든 사람과 지금 방금 옷깃이 스친 줄도 모르고 무심히 지나쳐 길을 건넌다 그 보행자가 길을 또 건너고 건너고 또 여러 번 울다가 점점 종이 위에 그린 멈춘 시계 같은 얼굴이 되어 그의 째깍거리는 소리가 마침내 길 위에서 사라질 때까지,
그러고 나서 또

언젠가 멈출 시계 같은
다른 보행자들의 슬픔을 반짝이는 초침으로 밀고 가며 계속
우주는 째깍거리고
우주는 째깍거리고
시계들은 애통해 울고
별들은 톱니를 맞춘다

　시의 화자가 시계를 보려고 손목을 든 순간, 시계는 간데없고 "저무는 하늘의 풍경 주위로/ 반짝거리며 나타나/ 회전하는 수억 개의 톱니바퀴"가 보인다. 이 거대한 톱니바퀴를 우주적 시간에 대한 물질적 은유라고 해 두자. 시간은 인간이 만든 시계라는 기계에 속하는 것이 아니라, 우주적인 톱니바퀴 속에서 움직인다. 인간의 몸에 있어 시간은 '기억'의 문제다. 슬픔과 기쁨이라는 정서적인 경험에 대한 인간의 기억력은 제한적이다. "그를 울게 만든 사람과 지금 방금 옷깃이 스친 줄도 모르고 무심히 지나쳐 길을 건넌다"라는 장면은 우주적 시간에 대한 인간의 기억력의 한계와 무지를 극적으로 환기시켜 준다. 그리고 인간의 몸은 "종이 위에 그린 멈춘 시계 같은 얼굴이 되어" 사라진다. 이 기억의 유한성, 기억하는 몸의 유한성과는 달리 우주의 '째깍거림'은 멈추지 않는다. "보행자들의 슬픔"은 "언젠가 멈출 시계 같은" 것이지만, 우주의 톱니바퀴는 멈추지 않고 돌아간다. 문제는 이러한 담화의 숨은 주체다. 이 시의 목소리는 서정적 자아의 1인칭 음성이기보다는 익명적인 예지자의 어조에 가깝다. 1연의 화자가 1인칭의 서정적 자아에 가깝다면, 2연 이후 '그'라는 3인칭에 대한 묘사가 등장하면서 화자는 객관적인 관찰자적 면모를 갖게 되고, 3연에 이르면 이 시의 어조는 현저히 선지자의 노래가

된다. 이러한 목소리의 변이 속에서, 시계를 보려고 손목을 들었던 1인칭적인 존재는 우주적 시간의 비밀을 알아차린 탈인칭적 존재로 변모한다.

오래된 사진을 발견한 듯
햇빛이
물끄러미
벗겨진 가면을 바라본다

깜짝 놀란 동상처럼
멈추었던 시곗바늘은
째깍,
공정한 판관의 처사를 뽐내며
태연히 다른 이를 찾아
일 밀리 이동했다

— 「임종의 한순간」 전문

'임종의 한순간'은 인간 존재의 유한성이 드러나는 장면이다. 그 장면은 그러나 그다지 극적이지 않다. 이 우주의 시간이 진행되는 순간순간의 무심함과 초연함을 보여 줄 뿐이다. 이런 맥락에서 '임종의 한순간'은 평균적인 다른 순간들과 질적으로 다르지 않다. 이를테면, 이 시의 1연에서 묘사된 "햇빛"의 시선 같은 것. 그것은 어떤 내면성도

제거된 채 "물끄러미" 대상을 응시한다. 이 탈인칭적 시선은 우주적 시간이 인간의 시간을 응시하는 방식이다. "오래된 사진"과 "벗겨진 가면"이라는 비유의 모호성은 그런 의미에서 우주적 시간의 관점으로부터 연유한다. 2연의 시곗바늘은 어떠한가? 1연의 햇빛처럼 시곗바늘 역시 어떤 인간의 관점을 보유하는 것은 아니다. 다만 "깜짝 놀란 동상처럼"이라는 비유가 위트의 공간을 만들어 낸다. 그러나 위트에 의해 이 시곗바늘은 동일자의 인격성을 부여받는 것은 아니다. "다른 이를 찾아/ 일 밀리 이동"하는 시곗바늘의 태연함은 그 우주적 시간의 단호한 무심함을 드러낸다.

　이윽고
　심장에 얹은 손 아래서는
　램프에 불이 들어온 것 같은
　따스한 기운
　임종의 시간
　얻은 것 다 두고 사라져 가며
　마음과 머리가 겨울 강처럼 텅 빌 때에도
　손안에 조약돌처럼 들고 있을 그
　짧은 감촉
　블랙홀로 빨려 들어가는
　우주선의 창문처럼
　죽어가는 이들의 눈은

칸칸하고

——「입맞춤」 전문

앞의 시가 이 시집의 마지막 시이고 이 시가 첫 시라는 것, 그 배치의 미학에 대해서 생각할 수 있다. '입맞춤'으로서의 '임종의 시간'에서 시작하여, 다시 '임종의 한순간'으로 끝나는 시집. 이 시집의 이런 배치야말로 저 무심한 우주적 시간을 구현하고 있다. 만약 서정적 시간의 맥락에서 말한다면, 임종의 시간은 한 인간의 입장에서는 가장 극적이고 안타까운 시간이어야 한다. 그러나 이 시가 보여 주는 것은 그 순간의 정서적 상태가 아니라 임종의 감각이다. 심장에 얹은 손의 "따스한 기운", 그 "짧은 감촉"의 느낌을 표현하고 있는 것이다. 이 시가 마지막으로 묘사하는 것은 "죽어가는 이들의 눈"이지만 "블랙홀로 빨려 들어가는/ 우주선의 창문처럼" 칸칸한 눈의 표정을 알기란 불가능하다. 다만 이 시의 제목이 입맞춤이라는 아이러니를 상기하자. 임종이란 다른 시간과의 조우이다. 혹은 다른 시공간과의 입맞춤이다. 문제는 죽음의 정신적 내용이 아니라, 죽음의 감각, 죽음의 순간을 둘러싼 신체적 감각이다. 유한한 인간의 몸이 시간을 감각하는 유일하고 구체적인 방식.

네 문자가 오면
이 낡은 전화기도

손안에서 한순간
환해지는 램프

삼청동 길은 어느새
랜턴을 들고
들녘을 건너가는 저녁의 늦가을

위성들이 쏘아 대는 전파가
사도들의 대갈통을 뚫고 강림했던
비둘기 모양의 고압 전류처럼
삶과 바람을
괴롭고
충만하게 한다

—「생은 문자 저편에」 전문

"네 문자"가 도착해서 낡은 휴대전화가 환해지는 순간
은, 디지털 세계의 신호가 전해지는 시간만을 의미하는 것
은 아니다. 그 전자적 신호의 순간은 '내'가 속한 공간을
다른 곳으로 옮겨 놓는다. 이를테면 삼청동 길은 "랜턴을
들고/ 들녘을 건너가는 저녁의 늦가을"로 순간 이동을 한
다. 그러나 이 공간 이동은 낭만적인 환상에 머물지 않는
다. 디지털 시대의 "위성들이 쏘아 대는 전파"는 "사도들의
대갈통을 뚫고 강림했던" 복음 같은 것이다. 그 복음은 그

러나 '대갈통'이라는 단어 선택이 말해 주는 것처럼 희극적
으로 표현된다. 그 순간, 디지털의 신호가 환기시킨 낭만적
공간 이동의 환상은 변이를 겪는다. 디지털 시대의 우주적
전파는 "삶과 바람"을 괴롭게 하는 동시에 충만하게 한다.
이 아이러니는 생이 우주적 시간 속에서 갖는 아이러니이
기도 하지만, 그것이 새로운 문화적 공간에서 만났을 때 발
생하는 감수성이다. 가령,

  그녀는 아직 살아 있는 지구 짐승의 신호처럼 하얀 수증
기를 뱉으며 말한다 나도 한잔 줄래? 힘없이 주저앉는, 이제
는 희귀종이 된 지구인에게 나는 말없이 따라 주었다 남편은
도망치지 못했어, 그러곤 운다 헌령고교에서 쫓겨나던 마지
막 날처럼. 지구상의 최후 한 잔이 비워졌을 때 그녀는 졸음
을 못 이기고 어깨에 기대 온다 나는 지구인의 마지막 단잠
을 지키며, 지구방위대를 박살 내고 하늘을 가르는 오색 광
선을 멍하니 바라보았다 아름답구나. 가지 않을 거지? 잠결
에도 그녀는 팔을 붙잡는다 겨드랑이가 너무 따뜻했고, 나는
가지 않을 거였다……

                                  ―「우주전쟁 중에 첫사랑」에서

  이와 같은 시에서 우주적인 상상력과 사랑의 사건은 서
정적 미학의 세계와는 완전히 다른 상상적 공간을 연출한
다. 이 시의 감수성은 SF적인 상상력에 의존하기보다는 '평

키'하고 '캠프'적인 하위문화적 차원에 가깝다. "삶은 오징어 다리들이 드디어 모선의 명령을 수신하고 접시 위에서 하나둘 일어서 광선총을 쏘는"장면, 혹은 "고교 시절의 그녀"가 마지막으로 생존한 지구인으로 나타나는 장면 등은, 첫사랑의 판타지를 펑키와 캠프의 하위문화적 카니발 속으로 뒤섞는다. 그곳에서 첫사랑의 낭만적 영원성은 하위문화적 감성으로 재전유된다. 이 시는 1인칭의 어조로 구성되어 있지만, 오히려 1인칭의 서정적이고 내면적인 권위를 내파하는 도발적인 희극적 장면을 연출한다.

　　다른 손가락의 끝부터 천천히
　　혈액의 길들을 내려온다 거기,
　　팔딱거리는 샘이 있다
　　밤이 얼기 시작한다
　　은하수가 증발하고
　　별들이 하나둘 사막이 되는 동안
　　쿵 쿵
　　샘으로부터 더운물이 진동하며
　　지구 하나가 태어나,
　　밝아진다
　　눈 감고 있으면
　　혈관의 궤도를 따라
　　두 몸 사이를

쿵 쿵

긴 꼬리를 그리며

행성 하나가 오간다

—「손」에서

인간 존재와 우주적 시간 사이에 무엇이 있는가를 묻는
다면, 인간의 몸과 그 감각이 있다고 말해야 할 것이다. 몸
과 몸이 접촉하는 순간이 만들어 내는 아름다운 이미지는
감각의 사건이다. 그 사건은 엄밀하게 말하면 유물론적인
사건이다. 그곳에 어떤 관념과 해석을 부여하고 싶다면, 그
것은 그 신체적 사건을 감각하는 데 장애가 될지도 모른다.
그런데 그 감각을 만약 우주적인 상상의 공간으로 들어 올
린다면? 그렇다면 이 신체적 사건은 어느 순간 우주적인
사건이 되어 있다. 손과 손의 혈관의 궤도는 지구 하나가
태어나고 행성 하나가 오가는 그런 공간이 된다. 그 공간
의 상상적 전이는 신체적 사건을 우주적 사건으로 만든다.
그것은 한편으로는 신체적 감각의 '쿵쿵거림'을 극대화하면
서, 한편으로는 그 사건이 속해 있는 아득한 시간을 상상
하게 한다. 그 상상은 서정적이기보다는, '초'서정적이다.

오늘은 어떤 하루인가?

바람도 비도

그늘과 햇살도

당신을 기쁘게 했나?

오후 내내

비와 찬 공기와 구름 아래 있으니

영혼 없이도 얼마나 즐거운지!

광물과 화학과

타액으로 이루어진

이 유물론적 수정 구슬

이 별에 처음 도착한 외계의 씨앗처럼

출렁거리고

어지럽히며!

　　　　　　　　　　　—「연애편지」 전문

　연애편지는 언제나 1인칭 영혼의 낭만적 진정성으로 가득 차 있어야 한다. 안부를 묻고 그리움을 토로하고 열정을 고백하는 문장들로 채워져야만 한다. 그런데 "영혼 없이도 얼마나 즐거운지!"와 같은 도발적인 문장을 보자. 이 문장은 연애편지의 기본적인 규율을 배반한다. 영혼이 없이 즐거운 연애편지는, 사랑의 이미지를 "광물과 화학과/ 타액으로 이루어진/ 이 유물론적 수정 구슬"이라고 명명하는 다른 감성을 만들어 낸다. 구슬은 그 유물론적 성격 때문에, 오히려 다른 영원성을 획득한다. 그리고 그 구슬은 '갖고 노는' 구슬, 유희로서의 구슬이다. 구슬의 유희성은 "외계의 씨앗"이 지구의 질서를 출렁거리게 하고 어지럽게 하는 것과 같다. 사랑이 지상의 위계질서를 뒤흔드는 것은, 그 수정 구슬의 영혼이 없는 영롱함과도 같다. 흥미롭게도 이 순간, 작은 수정 구슬은 우주적인 공간의 씨앗이 된다. 사랑이라는 유물론적 사건은 그 수정 구슬의 무심한 매혹 속에서 우주적인 유희가 된다. 사랑의 사건은 몸의 사건이지만, 사랑은 이미 '외계적'이다. 그렇지 않다면 사랑의 수정 구슬은 어떻게 이 상투적인 지구의 질서를 어지럽게 할 수 있단 말인가.

서동욱

1969년 서울에서 태어났다.
1995년《세계의 문학》으로 등단하였으며,
시집 『랭보가 시쓰기를 그만둔 날』이 있다.

우주전쟁 중에 첫사랑

1판 1쇄 찍음 · 2009년 9월 25일
1판 1쇄 펴냄 · 2009년 9월 30일

지은이 · 서동욱
발행인 · 박근섭, 박상준
편집인 · 장은수
펴낸곳 · ㈜민음사

출판 등록 1966. 5. 19. 제16-490호
서울시 강남구 신사동 506번지 강남출판문화센터 5층 (우)135-887
대표전화 515-2000 / 팩시밀리 515-2007
www.minumsa.com